各位小朋友，辛苦了。
如果一路上都沒有吃到毒菇，
能夠順利走到這裡，
那就開始看故事吧。

佐羅力帶著伊豬豬和魯豬豬，
三個人在很深很深的森林中，
被一大片密密麻麻的荊棘
擋住了去路，
無法再繼續前進。
肚子餓死了，本來想找一些
蕈菇和果實，
沒想到我們走進
這片森林，
根本沒有半點食物，
更可惡的是，
居然遇到了這麼一大片荊棘。

怪傑佐羅力之
妖怪大聯盟

文·圖 **原裕** 譯 王蘊潔

咿痛痛，嗚痛痛，哇痛痛，本大爺這下沒轍了。
咿痛痛，啊痛痛，哇痛痛。佐羅力大師，該怎麼辦哪？如果繼續走下去，我們一定會滿身是血，渾身是傷啊。
當三個人無可奈何，決定往回走的時候——

滑地接球。一出局。

一個頭髮很長很長的妖怪突然抓住了佐羅力的雙腳。

五花大綁滾動接球。二出局。

伊豬豬被一個有好幾隻腳的妖怪從背後緊緊抱住，

完全動彈不得。

圍巾纏繞接球，
三出局。
換人。

走在最前面的魯豬豬，被一個脖子很長的妖怪纏得緊緊的。

這時，只聽到一聲大喊：

「終於找到了啊！」

出現在佐羅力他們面前的是……

妖怪學校的老師。

「啊喲，真是太好了，佐羅力大師，
我們正想要請你幫忙，
四處找你找很久了，
找得好辛苦啊。」

「這次又是什麼問題？
又要我去調教
那些不成材的
妖怪嗎？」

佐羅力愣愣的看著妖怪學校老師說。

到目前為止，因為佐羅力的幫助，
讓許多妖怪得到了不少的勇氣和幹勁。

「佐羅力大師果然厲害，一下子就猜到了。」

妖怪老師「啪」的一聲打了一個響指。

這時，除了剛才那三個妖怪，
荊棘深處又跑出兩個妖怪，
排排站在佐羅力他們面前。

有關妖怪學校和妖怪老師的事，
在《怪傑佐羅力之恐怖的鬼屋》、
《怪傑佐羅力之妖怪大作戰》、
《怪傑佐羅力之邪惡幽靈船》、
《怪傑佐羅力之恐怖足球隊》
這幾本書中有詳細介紹。
大家記得去看唷！

的糟糕球隊

妖怪大聯盟的棒球隊——重建隊
已經連續三年在大聯盟比賽中敬陪末座，
為了讓球隊隊員重新振作起來，
妖怪學校的老師特地前來拜託佐羅力，
希望他可以擔任重建隊的領隊。

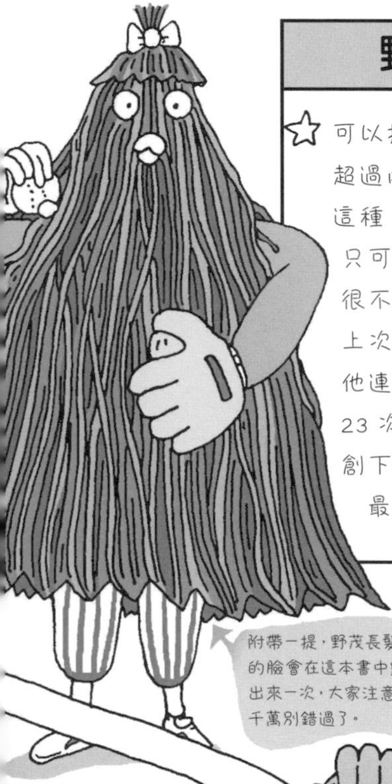

野茂長髮

☆ 可以投出時速
超過兩百公里
這種「剛速球」的投手，
只可惜他的控球能力
很不穩定，
上次的比賽裡，
他連續投出了
23 次四壞球，
創下妖怪大聯盟史上
最慘不忍睹的記錄。

附帶一提，野茂長髮
的臉會在這本書中露
出來一次，大家注意看，
千萬別錯過了。

脖長島

☆ 在防守時，
可以把脖子伸得
很長很長，
看清所有球的去向，
只不過……
他的手不夠長，
所以接不到球。
也因為這樣，
他對球隊來說
並沒有任何幫助。

王章魚

☆ 獨創無人能及的
三腳打法，
並且靠著這種打法
榮獲五屆全壘打王，
但是，上了年紀之後，
無法同時妥善運用
那麼多腳，
以至於打擊成績
陷入瓶頸。
幾乎對球隊
沒有任何幫助。

・他的軸心腿
是由三條腿
纏繞在一起，
形成一條很
粗的腿，
但是，最近纏繞的力道明顯不足，
所以無法用力揮棒打擊。

這些就是

妖怪大聯盟中敬陪末座（最後一名）
重建隊的球員

只要看了這本書，
就可以知道
一郎為什麼會
身體虛冷。

無論如何，
希望他們至少
能夠在下一場比賽中
贏得勝利。

一郎

☆以前曾經是
相當優秀的打者，
每年的打擊率
都超過四成，
自從三年前開始，
身體出現虛冷現象，
突然無法擊出好球。
如今他的打擊率
能夠超過一成
就要偷笑了，
對球隊完全
沒有幫助。

酷斯松

☆他的打擊十分豪放有力，
是重建隊的全壘打王，
但是，他只對
全壘打有興趣，
所以只有看到能夠
擊出全壘打的球
才會揮棒，
因此，他從來沒有
打擊出安打，
完全不考慮
團隊合作精神。

「為什麼這麼在意下一次比賽非贏不可呢？」

佐羅力忍不住問。

野茂長髮用有氣無力的聲音回答說：

「如果下一場比賽再輸掉，

我們就連續輸四十場了，

球隊老闆已經對我們心灰意冷，

還說要解散這個球隊。

如果重建隊不趁這個機會

好好表現一下，

以後就再也沒有機會打棒球了。
但是，我們的運氣太差，
下一場比賽的對手實在太強了。」
佐羅力問：
「喔？這次的
對手這麼強嗎？」
那幾個妖怪
立刻從懷裡
拿出了——

的球隊
球員！
『妖怪大聯盟球員卡』，佐羅力看了這些球員卡，確實可以感受到他們的威力與實力，還有明星光環。
大戈布的防守能力超強，他有一雙大手，完全不需要用手套，不管什麼球飛過來，他都可以用手接住，真是嚇死人了。
皮茲
背號
30
大戈布
中外野
海布．斯魯斯
背號
16
投手
投手海布．斯魯斯他所投的屁剛速球威力超猛，而且控球能力也很好，他還曾經在一場比賽中完投，三振了所有的選手。
蓋力克
HORRORS
丹帝．強生
背號
86
游擊手
丹帝選手的打擊很厲害，防守能力也很強。他的跳躍力更是無人能比，即使是全壘打打出的球，他也可以接到。

請看妖怪大聯盟NO.1
恐怖隊的明星
恐怖隊的每個球員身材都高大強壯，氣勢十足，重建隊的球員還沒上場比賽，心情上就已經輸了。
托德里格斯這位捕手可以說是海布・斯魯斯的最佳拍檔，只有他才能夠接住海布・斯魯斯的屁剛速球。
馬克・馬格卡哇伊呀
背號
5
為什麼這麼可愛呀！
伊巴魯・托德里格斯
背號
26
捕手
南卡
恩可
恐怖隊的每個球員體格都很壯碩，而且他們都是很知名的選手，所以實力相當驚人。
簡單的說，恐怖隊的每一位選手都有超強戰力。
薩米・象薩
背號
33
HORRORS
這位就是連續不停擊出全壘打的薩米・象薩。只要他用粗壯的手臂用力揮棒，任何球都會飛出場外，真是太神奇了。

你們這群笨蛋！
怎麼可以未開戰就先認輸呢？
如果光是靠蠻力
就可以在比賽中獲勝，
那運動比賽還有什麼意思。
比賽的樂趣，
就是要動腦筋。
這件事包在本大爺身上！
太好了！
佐羅力大師
終於答應要
擔任我們球隊
的領隊了。
佐羅力這個人，
當他充滿幹勁時，
就會馬上變身
為怪傑佐羅力。
但是，棒球隊不是要有
九個人嗎？
即使我們三個人也一起加入，
算來算去，
總共也只有八個人而已啊。
佐羅力大師
你太厲害了，
不瞞你說……
妖怪
佐羅力三人
5人＋3人＝8人

這個球隊裡，持續有球員受傷，目前已經有好幾名球員在醫院裡面療傷休養了。但他們差不多就要出院了，我去帶其中最厲害的選手來。
佐羅力大師，那重建隊的事就交給你了，一言為定呵，我們後會有期啦……
等、等一下，你先別走啊……
妖怪學校老師話一說完，立刻轉身離開，不見蹤影。

佐羅力無可奈何，只好問
那幾個妖怪：

「下一場比賽是什麼時候舉行？」

「明天早上十點開始。」

「啊喲喂呀，現在已經是傍晚了，
根本只剩下不到一天的時間了呀。
我們要趕快去球場。球團的巴士停在哪裡？」

「我們這個球隊整天輸球，
怎麼可能有巴士呢？

每次去球場，都要靠自己的兩條腿走去。」

你說什麼？
我竟然要當一個這麼落魄的球隊領隊。
現在沒時間了，廢話少說，大家先出發再說。
至少先告訴我，球場怎麼走？

聽到佐羅力的問題，幾個妖怪不約而同的伸出手，指向那一大片荊棘森林。

這幾個妖怪的皮膚都超級厚，眼前這些荊棘對他們來說，根本不痛不癢。

「我們可沒辦法，沒辦法，饒了我們吧。」伊豬豬和魯豬豬嚇得倒退好幾步。

「從地圖上來看，這個方向會是捷徑，很快就到了。」幾個妖怪看著地圖說。

佐羅力聽了，想了一下，

他對酷斯松說：

「酷斯松，聽說你是這個球隊的

全壘打王，對吧？

我想要見識見識你的揮棒有多威風，

你可不可以把那片荊棘當成棒球，

用力揮棒看看？」

「當然沒問題啊。」

酷斯松拿出了

他引以為傲的球棒。

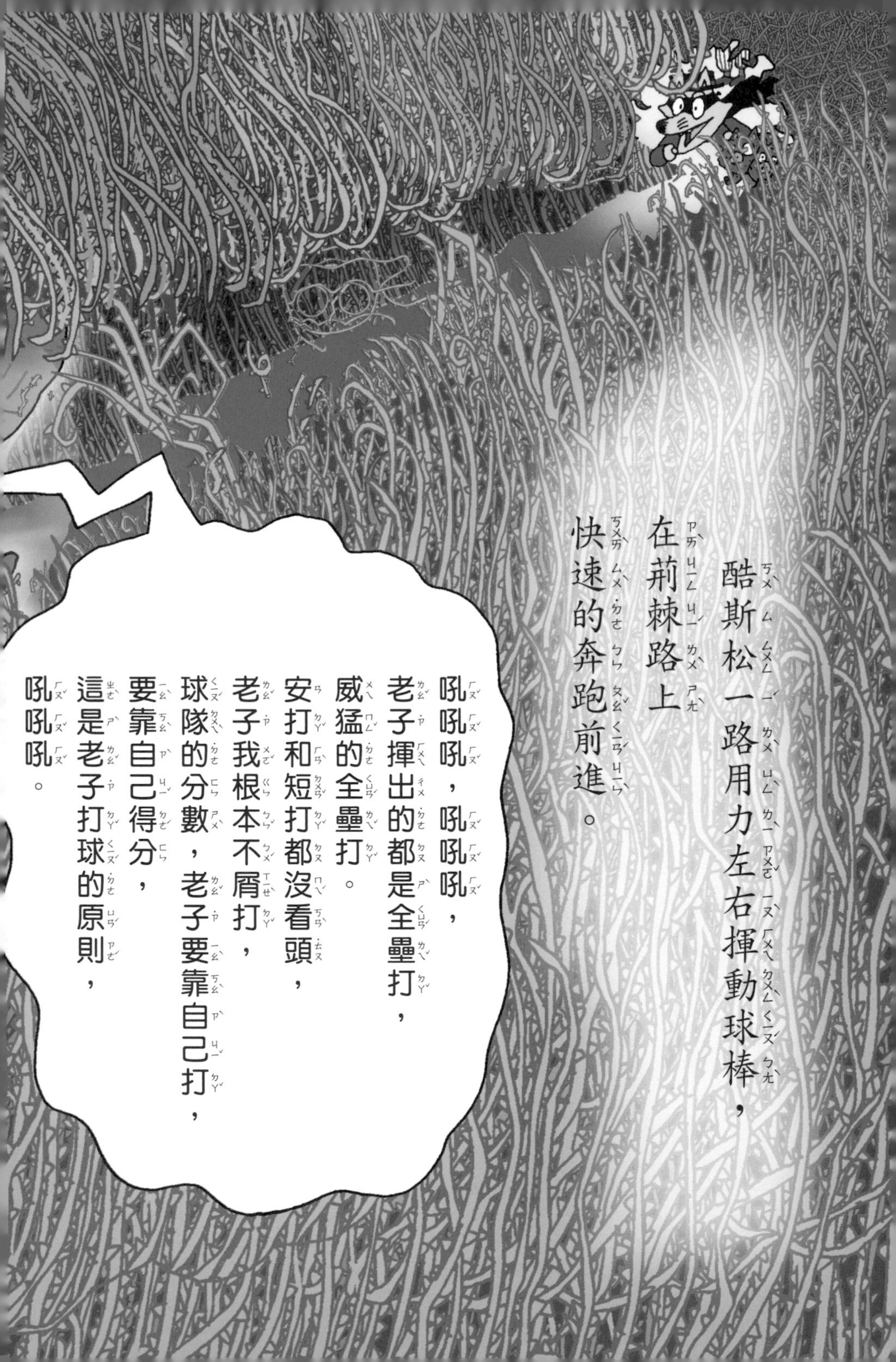

酷斯松一路用力左右揮動球棒，
在荊棘路上
快速的奔跑前進。

吼吼吼，吼吼吼，
老子揮出的都是全壘打，
威猛的全壘打。
安打和短打都沒看頭，
老子我根本不屑打，
球隊的分數，老子要靠自己打，
要靠自己得分，
這是老子打球的原則，
吼吼吼。

不一會兒，
荊棘藤蔓被球棒一揮，
紛紛噗嚓、噗嚓的應聲而斷，
順利劈出了一條通暢的隧道。

「你的揮棒真勇猛啊，
有這麼出色的選手，
為什麼打不贏呢？」
佐羅力走在酷斯松
劈出的荊棘隧道上，
忍不住嘀咕道。
野茂長髮回答說：
「因為酷斯松只有在
覺得有可能擊出全壘打時，

才願意揮棒，
如果他願意揮出幾支安打，
很多場比賽
我們都很有機會贏……」
「真傷腦筋啊，
看來得花很大的工夫，
才能讓這個球隊團結起來，呼——」
佐羅力一路嘆著氣，
穿越了荊棘隧道。

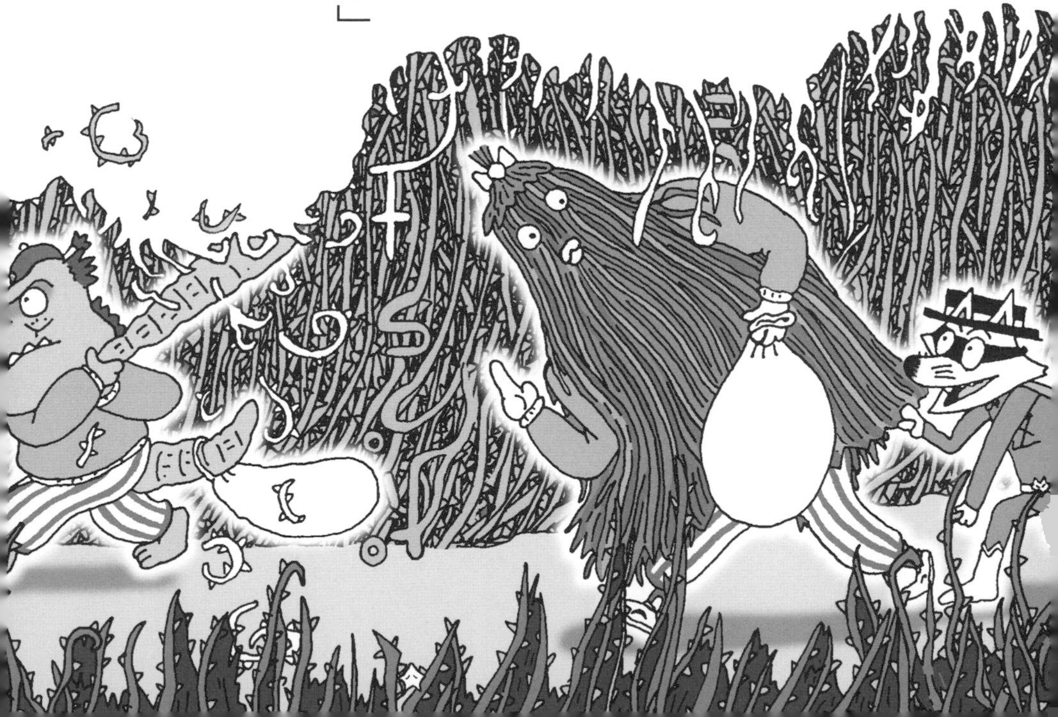

這時，前方出現了一片斷崖懸壁，擋住了他們的去路。

「這個斷崖太高了，我們絕對不可能爬上去。」

伊豬豬和魯豬豬直往後退。

「那就請你們沿著我的脖子爬上去吧，我想，爬我的脖子應該比爬懸崖輕鬆多了。」

脖長島伸出長脖子，轉眼之間，他就呼嚕呼嚕的攀上了斷崖懸壁。

「啊喲，這個脖子真是方便啊。」

佐羅力佩服的說道。

「啊呀，救、救命啊。」

佐羅力的話才說完，立刻聽到脖長島的慘叫聲。

「發生什麼事了？
得馬上去救他才行。我有一個好主意！」
佐羅力雙手抱住了脖長島的脖子，
對投手野茂長髮說：
「野茂長髮，
可不可以請你把我當成棒球，
一口氣扔到懸崖上面去？」
「那有什麼問題！我雖然控球力不夠好，
但對力氣有絕對的自信。」

野茂長髮抓住佐羅力的尾巴，用力甩了幾下，
然後使盡全力，甩出去。
飛吧！

佐羅力好像
搭乘超級快速纜車一樣，
沿著脖長島的脖子，
咻的一下，
朝懸崖上方
飛了過去。

但是，到了
懸崖上方的佐羅力，
也發出了尖叫聲。
到底發生了
什麼事？

野茂長髮
急急忙忙的
把大家一個個扔到懸崖上方。
這時，大家看見了……

脖長島和佐羅力被一大團扭來扭去的草纏繞住，而那些草正慢慢的把他們拖進泥土裡。

「情、情況不妙啦。」

大家慌慌張張想要上前搭救，但是一郎立刻伸長了手，阻止所有人的行動。

「這些是食人草，它們會把所有經過的東西

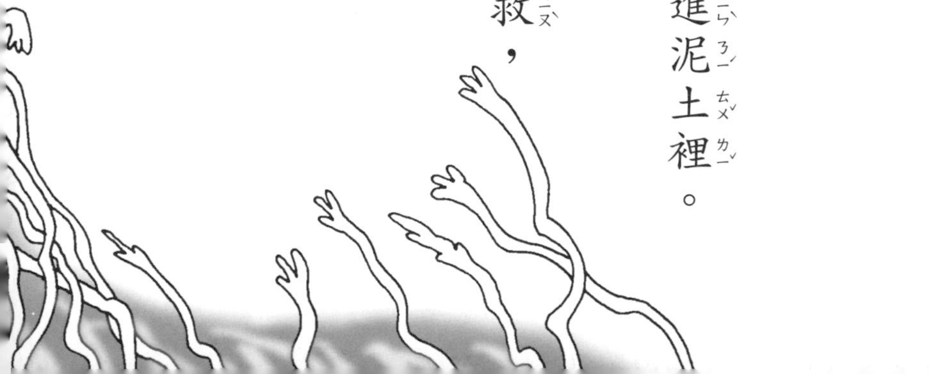

都拖進泥土裡，
變成自己的肥料，
大家千萬不能輕舉妄動，
現在這樣衝過去救他們，
只會送命而已。
這裡就交給我吧。」
說完，一郎對著食人草，
呼的一聲，用力吹了一口氣。
結果……

那些食人草全都嘎啦嘎啦的結成冰，
凍在那裡一動也不動。
佐羅力撥開纏繞在自己身上的食人草，
這時，結冰的食人草劈哩叭啦的全都碎了。
「這、這是怎麼一回事？」
總算恢復自由之身的佐羅力
一邊替脖長島撥開食人草，
一邊問。

他是雪女的兒子，只要吹一口氣，
就可以讓所有的東西都結冰。

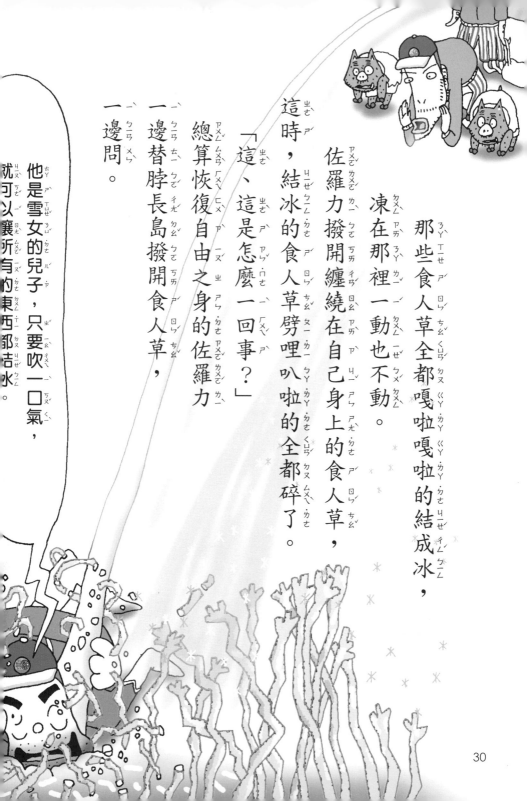

啊？他該不會就是吹雪園子的兒子吧？
沒錯，我叫吹雪一郎，你以前曾經幫助過我媽媽，謝謝你，佐羅力大師。
是嗎？原來你已經長成這麼出色的孩子了。

佐羅力不由得感到佩服。

「喂！」

這時，遠處傳來一個熟悉的聲音。

☆佐羅力剛好認識吹雪一郎的媽媽吹雪園子。

沒錯，大家忘了野茂長髮
還在懸崖下方。
好，看我的，這次輪到我來救人啦。請大家一起用力抱住我的頭，固定好我的頭不要動。
喂～
脖長島拜託大家，
然後用身體背起留在懸崖下方的野茂長髮，

只見脖長島的脖子愈縮愈短，終於野茂長髮和脖長島的身體一起爬上了懸崖。

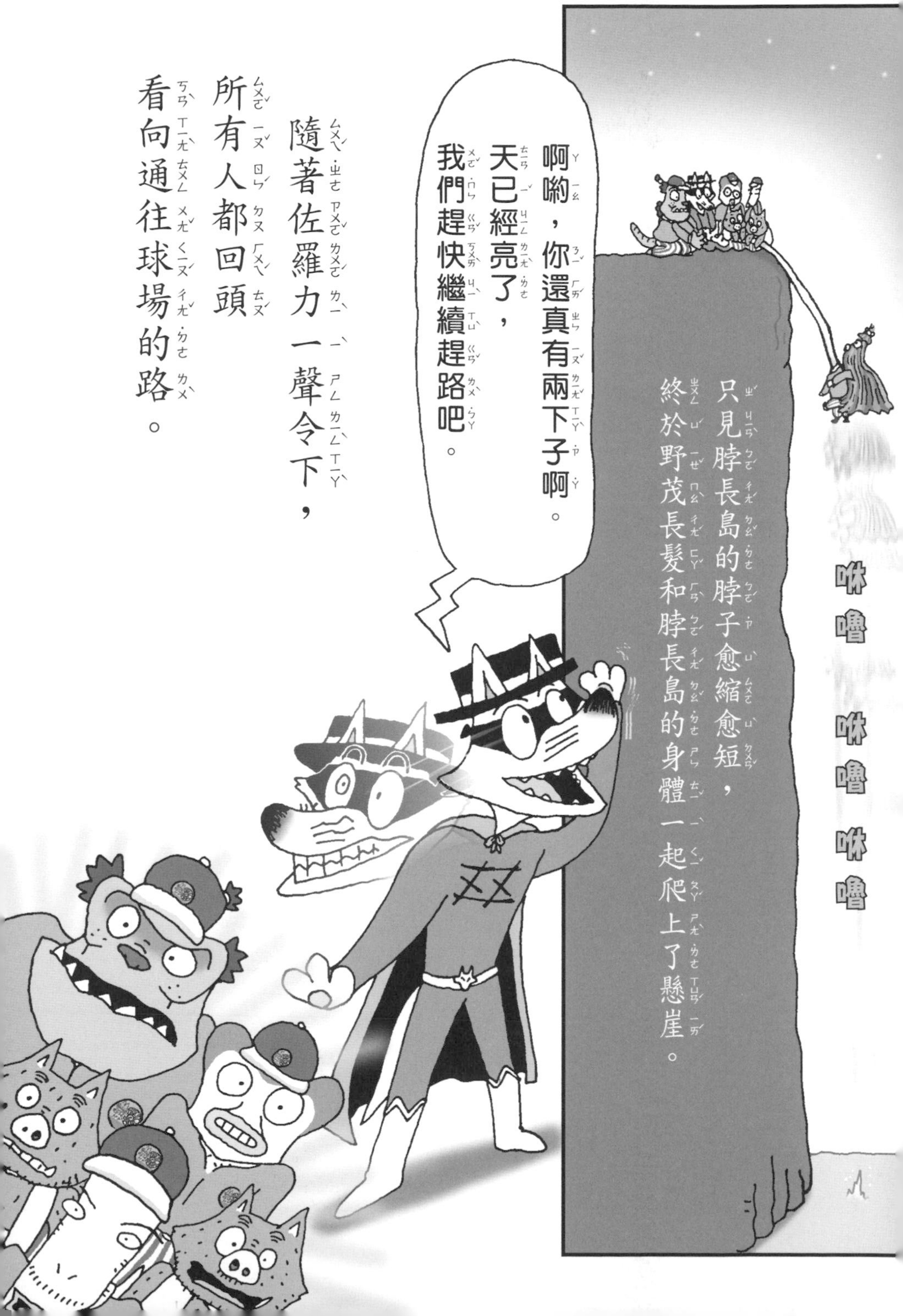
咻嚕 咻嚕 咻嚕
啊喲，你還真有兩下子啊。天已經亮了，我們趕快繼續趕路吧。

隨著佐羅力一聲令下，所有人都回頭看向通往球場的路。

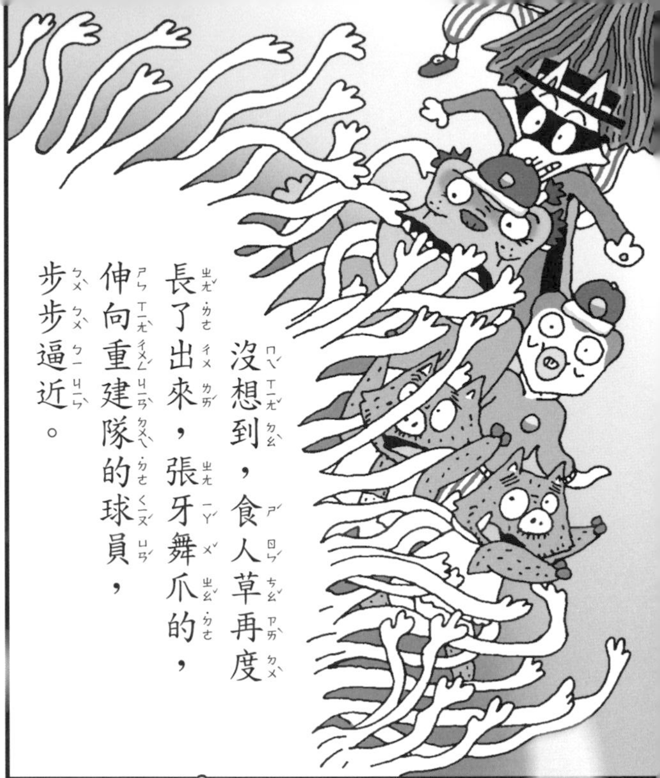

沒想到，食人草再度長了出來，張牙舞爪的，伸向重建隊的球員，步步逼近。

一郎毫不猶豫的對著食人草猛吹一口氣，食人草再度變成了一片凍結的草原。

這時，王章魚用六隻腳分別握緊六根球棒，

跳到眾人前方，
對大家說：

這裡就看我的吧！

他拿著球棒
左右開弓，
把凍結的食人草
打得稀巴爛，
劈出一條通道。

「各位，你們實在太優秀了。」

當佐羅力笑著穿越食人草草原時，

臉上的笑容頓時消失。

因為他發現，比賽的球場，

位在很遠很遠的山腳底下。

雖然從地圖上看，

這條路或許是最近的捷徑，

但問題是，

他們要怎麼下去？

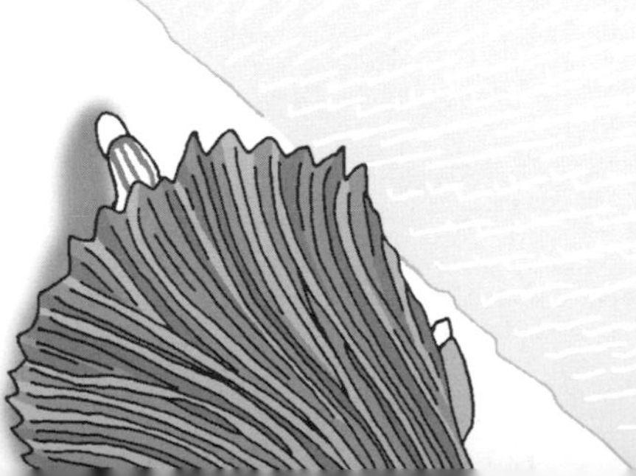

怎麼樣才能到達球場呢？
佐羅力看著球隊的球員，
靈機一動，想到好主意，
他用力的
拍了一下手。

呵呵，我有靈感了。
媽媽，謝謝你
生下本大爺這個
舉世無雙的天才。
各位朋友，
請你們過來一下。

不一會兒，野茂長髮
從高高的懸崖上
一躍而下。

球隊的所有球員
都和野茂長髮一起跳了下去。
各位讀者，
請你們仔細看清楚。

野茂長髮直升機的結構

☆野茂長髮把伊豬豬和魯豬豬抱在兩側。伊豬豬和魯豬豬發揮了他們最拿手的放屁作為噴射動力，讓野茂長髮旋轉。

野茂長髮的長髮像直昇機的螺旋槳一樣，在天空中飛翔起來！

噗噗噗
噗噗噗

噗——嗡
噗噗噗
噗噗噗

所有人都和野茂長髮一起旋轉了起來，為了避免頭暈，飛行的時候大家都把眼睛閉起來。

• 王章魚用八隻腳把大家緊緊抱在野茂長髮的身上，避免有人不小心掉下去。

• 脖長島則是不時張開眼睛，確認球場的方向，把正確的位置告訴野茂長髮。

這些全都是本大爺想出來的，大家覺得怎麼樣啊？

他們從天空往下看，發現球場內已經擠滿了觀眾，大家都想親眼目睹恐怖隊獲得優勝的那一刻。

噗噗噗噗噗噗噗噗
噗噗噗噗噗噗
啊，我看到妖怪學校的老師了。

佐羅力大師，快來啊，快來啊。比賽已經開始了，快來不及了。
哇—哇—哇—哇—
妖怪學校老師已經提早抵達球場，在球場外面等他們很久了。不知道老師帶來哪些厲害的選手加入比賽呢？

佐羅力他們一降落在地面上，
你說什麼！
真的很對不起，我去找了所有可能參賽的選手，但他們全都拒絕我了。
選手人數不足的話，根本沒有辦法參加比賽啊。
為了表達內心的歉意
噗通

我為大家準備了全新的球隊制服。
啪！
而且，我讀小學的時候，也曾經參加過棒球隊，雖然只不過在球隊連續撿了三年的球而已，但說起來，也算是和棒球的世界有一點淵源，所以……
撿、撿了三年的球……
我在想，是否可以讓我一起加入棒球隊，成為球員之一……
鞠躬
佐羅力一臉錯愕，呆呆的站在原地。
還沒準備好嗎？你們在磨蹭什麼！

重建隊的對手——恐怖隊球員等得很不耐煩，衝過來指著他們說：

對我們來說，今天是東部地區妖怪決賽的重要日子，雖然你們根本不是對手，但不打完這場比賽就獲得冠軍，心裡會很不舒服。

「知、知道了。」

重建隊球員被恐怖隊球員的氣勢嚇得忍不住發抖，立刻決定連同妖怪學校老師在內，九個人組成一支球隊，和他們進行比賽。

比賽終於開始了。

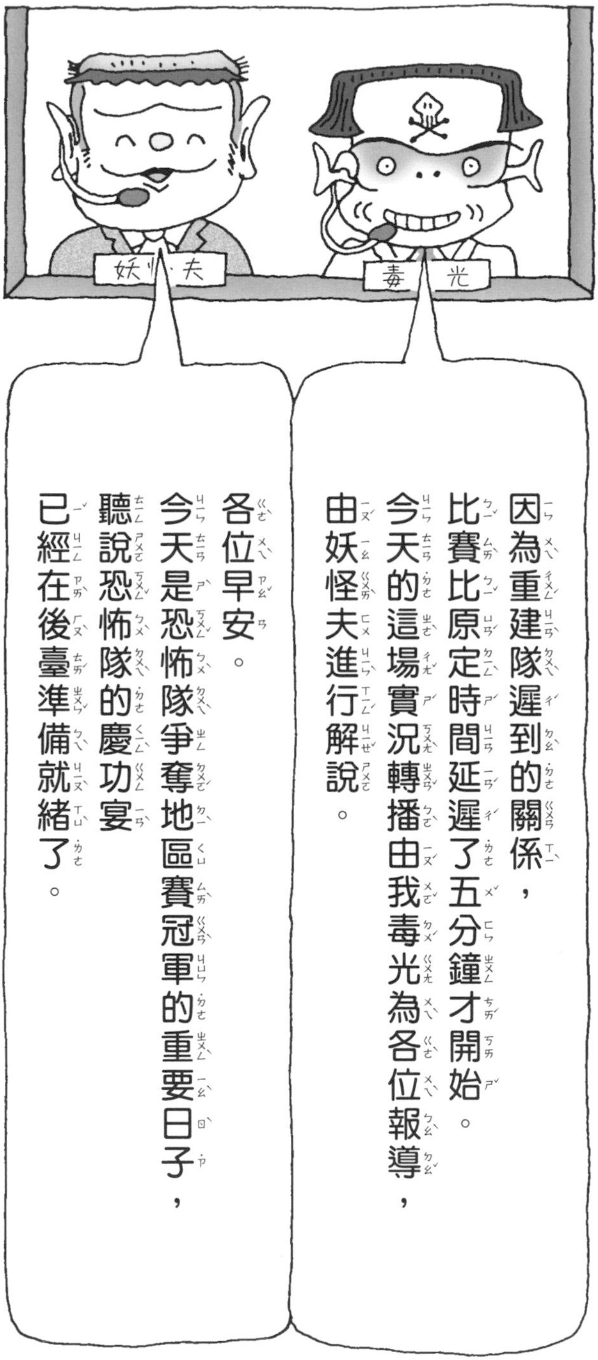
毒光
因為重建隊遲到的關係，比賽比原定時間延遲了五分鐘才開始。今天的這場實況轉播由我毒光為各位報導，由妖怪夫進行解說。
各位早安。今天是恐怖隊爭奪地區賽冠軍的重要日子，聽說恐怖隊的慶功宴已經在後臺準備就緒了。

「由恐怖隊先進行打擊，重建隊的先發投手是魯豬豬。」

哇
哇

「不知道他會投出怎樣的球？聽說他和捕手伊豬豬是一對雙胞胎兄弟，兩個人應該心靈相通，很了解彼此吧。」

「好，魯豬豬已經舉起了手上的球，投出了第一球。」

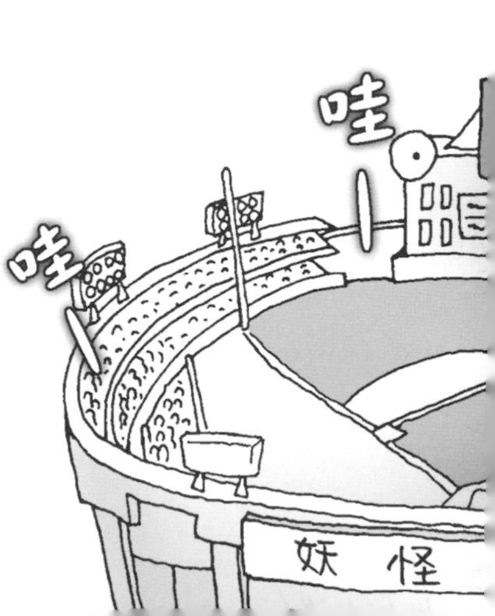

球、球消失不見了。那根本是消失的魔球啊！
啊！
咻—咻
啪
咦？
好球。
沒想到，那顆球竟然已經在伊豬豬的手上了。

魯豬豬靠著這種神奇無比、會消失不見的魔球，接二連三的三振了打者，第一局上半，對方只有三名打者上場。

魯豬豬從場上回到了休息區，

「太厲害了，做得好。」

佐羅力不停稱讚他，但魯豬豬好像很不開心。

海布・斯魯斯的
屁剛速球
構造分析圖
①把球投出去之前，先在這個位置大量蒐集屁。
②然後，透過這根管子，把屁力傳送到手掌上。
③原本海布・斯魯斯所投出的球速就是超級快，再加上噴射屁的威力，他所投出的球，瞬間變成時速超過三百公里的屁剛速球，一般打者根本不可能輕易打到球。
第一局下半，由重建隊展開攻擊。但是，面對恐怖隊投手海布・斯魯斯投出的強力屁剛速球，重建隊的球員全都束手無策，毫無招架之力。
16
3
嘶呼
野茂長髮
脖長島
酷斯松

就在這時，
重建隊的休息區裡，
伊豬豬和魯豬豬打了起來。
佐羅力立刻上前勸架，
並詢問原因。
一問之下，
這場架似乎和剛才
魯豬豬投的
消失的魔球有關。

魯豬豬魔球的祕密

投手 魯豬豬
① 首先，把漢堡肉放在棒球手套上。
漢堡肉
② 然後，把球放在漢堡肉上，再用力壓進漢堡肉裡。
③ 用手套用力握緊。
④ 做成肉丸子棒球。
⑤ 然後把這個肉丸子棒球丟向伊豬豬。
棒球
肉
捕手 伊豬豬
① 貪吃鬼伊豬豬看到魯豬豬投過來的肉丸子棒球
② 立刻用迅雷不及掩耳的速度伸出脖子，大口把球含了進去。
大口咬
消失了
③ 他把包在外面的肉都吃完後，再把棒球吐在自己的手套上。
因為他們這連續的動作實在太快了，旁人看起來，簡直就像是球消失了。

☆ 原來這根本不是消失的魔球，而是好吃的魔球！

原來，魯豬豬發現，如果他在這場比賽中繼續當投手，那麼，他一個肉丸子也吃不到，所以心情很惡劣。

「我知道了，這樣吧，下一局交換投手。」

聽到佐羅力這麼說，魯豬豬開心的用力點頭。

沒想到，這個決定是重大失策。

魯豬豬從剛才就一直想吃肉丸子，終於等到這個機會了，所以就張著大嘴，等球飛過來，沒想到他把整顆球都吞了進去。

魯豬豬口吐白沫，昏了過去，所以只能讓他在外野暫時休息一下，由妖怪學校老師上場擔任捕手。

但是，只有貪吃鬼兄弟檔才能打出消失的魔球。一旦魔球不會消失，

1 2 3 4 5 6 7 8 9 計
恐怖隊 0 2
重建隊 0
胖胖小娃三人組
近期推出
田中會長
球鞋
由於重建隊的球員只有九個人，少了任何一個都不行，所以魯豬豬只能躺在這裡。
重建隊的球就接二連三的被恐怖隊的打者打到，
在無人出局的情況下，對方已經連續得了兩分。
更換投手，重建隊換人野茂長髮上場。
佐羅力大聲叫了起來。
16

「你力大無比，
可以把我們所有人都扔上懸崖，
所以在投球的時候也要更有自信。」
雖然佐羅力這麼積極的鼓勵他，
但野茂長髮還是說：
「但、但是，
我的控球能力超級差，
根本沒有辦法壓制
恐怖隊的打者。」

「這種時候，
就要施展一下你的特技了。
嗚嘻嗚嘻。」
佐羅力湊向野茂長髮，
小聲對他說了祕密戰術，
然後把他送上球場。

各位請張大眼睛看清楚，控球向來很糟糕的野茂長髮，居然連續投出了一個又一個好球。
太感謝你了，佐羅力大師，謝謝你的指點。
嘶啪！
咚啪！
噠啪！

野茂長髮自信滿滿、歡天喜地的走回休息區，他開心的對佐羅力說，

到底佐羅力對野茂長髮說了什麼祕密戰術？

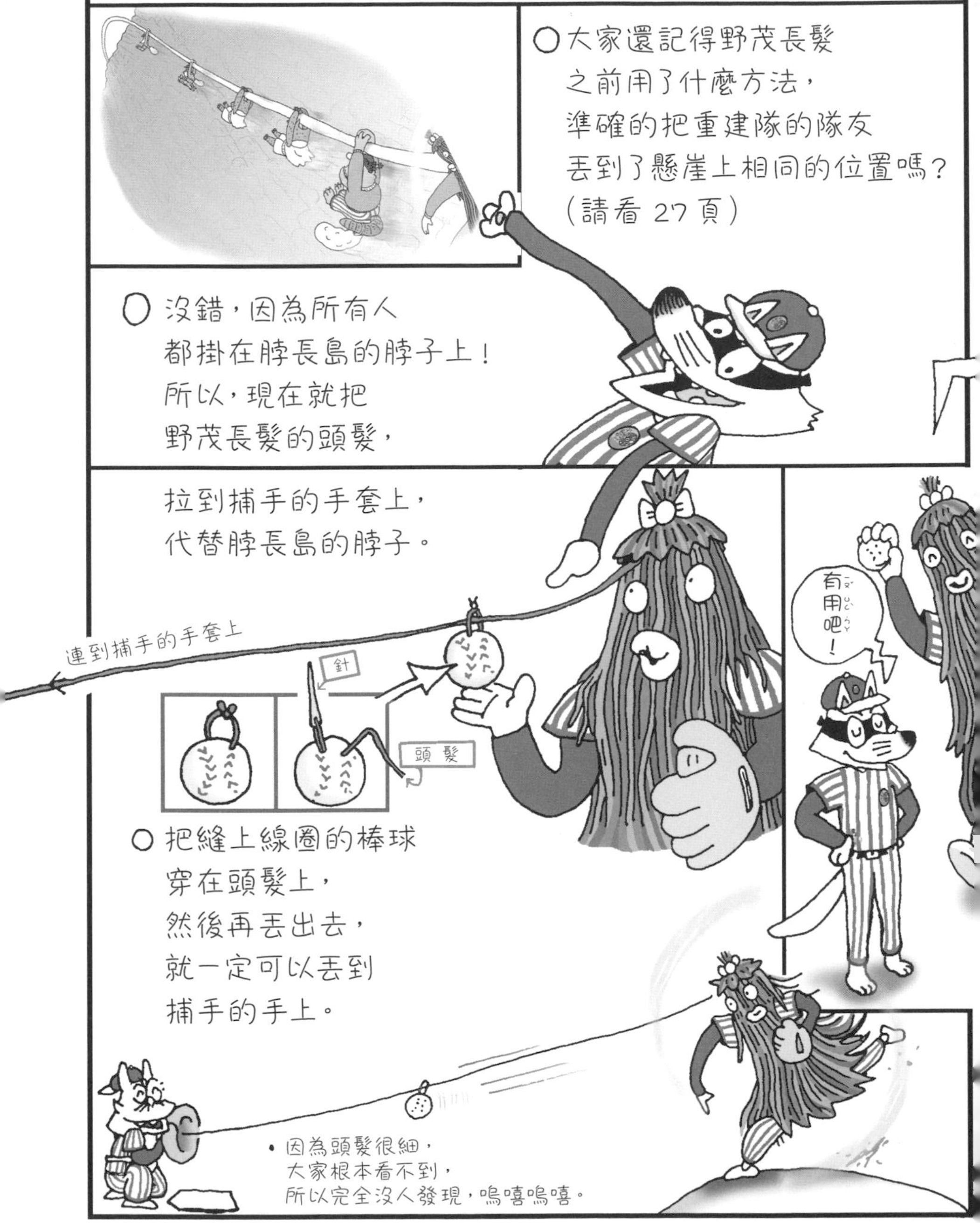
○大家還記得野茂長髮
之前用了什麼方法，
準確的把重建隊的隊友
丟到了懸崖上相同的位置嗎？
（請看 27 頁）
○沒錯，因為所有人
都掛在脖長島的脖子上！
所以，現在就把
野茂長髮的頭髮，
拉到捕手的手套上，
代替脖長島的脖子。
連到捕手的手套上
針
頭髮
有用吧！
○把縫上線圈的棒球
穿在頭髮上，
然後再丟出去，
就一定可以丟到
捕手的手上。
•因為頭髮很細，
大家根本看不到，
所以完全沒人發現，嗚嘻嗚嘻。

	1	2	3	4	5	6	7	8	9	計
恐怖隊	0	2	0	0						
重建隊	0	0	0	0						

恐怖隊發現重建隊和以前大不相同了，忍不住緊張了起來。觀眾似乎也發現了，「重建隊今天的表現好像很不錯呵，我都忍不住想要為他們加油了。」比賽愈來愈有趣，愈來愈精采了。

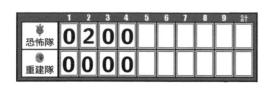

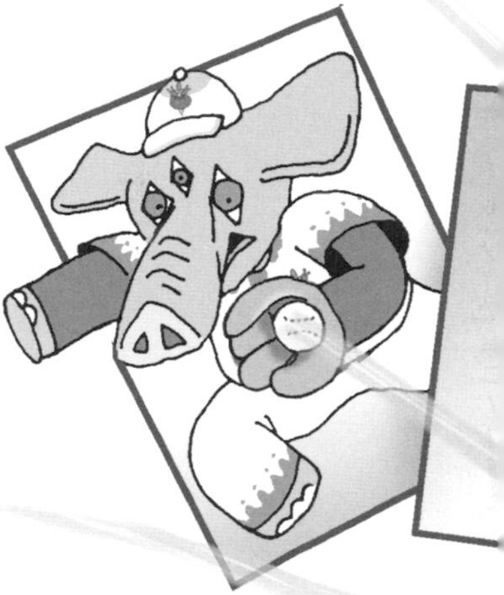

雖然重建隊的

表現大有進展，

但是，

面對海布・斯魯斯投的屁剛速球，

還是束手無策，毫無招架之力。

即使順利打到了球，

也因為恐怖隊滴水不漏的防守，

不僅無法得分，甚至連上壘的機會都沒有。

但是——

	1	2	3	4	5	6	7	8	9	計
恐怖隊	0	2	0	0	0	0	0			
重建隊	0	0	0	0	0	0	0			

重建隊也不是省油的燈，
他們也不再讓恐怖隊
繼續得分了。

雖然野茂長髮的
控球愈來愈出色，
但他投的球也漸漸
被對手打中……

脖長島伸長了脖子，時左時右，時上時下活躍無比的用嘴巴接住了球。

其實他是用正在吃的口香糖黏住了球。

王章魚也不甘示弱，他運用高速旋轉的六條腿，追上球之後，立刻伸出手捲住了球，接二連三的把對方打者的球接殺出局。

於是，兩隊一直維持著兩分的差距……

	1	2	3	4	5	6	7	8	9	計
恐怖隊	0	2	0	0	0	0	0	0	0	
重建隊	0	0	0	0	0	0	0	0		

終於來到了第九局下半。

無論是喜是悲，這都是重建隊最後的機會了。

觀眾看到重建隊努力不懈，一路奮戰到最後一局，情不自禁用熱烈的掌聲為他們加油。

「佐羅力大師，能夠參加這麼出色的比賽，真是太幸福了。謝謝你。」

所有隊員都熱淚盈眶。

「你們這些笨蛋，比賽還沒有結束呢。

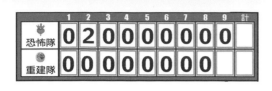

接下來，我們要團結一致，
讓比賽結果逆轉勝。」
佐羅力大聲說道。

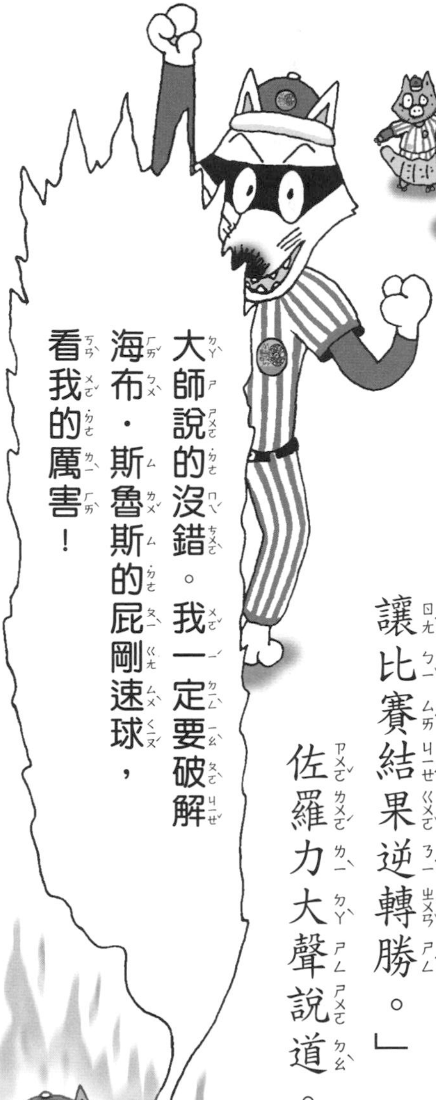

剛才不小心把棒球吞進肚子裡，身體很不舒服的魯豬豬，這時站了起來，走進場內的打擊區。

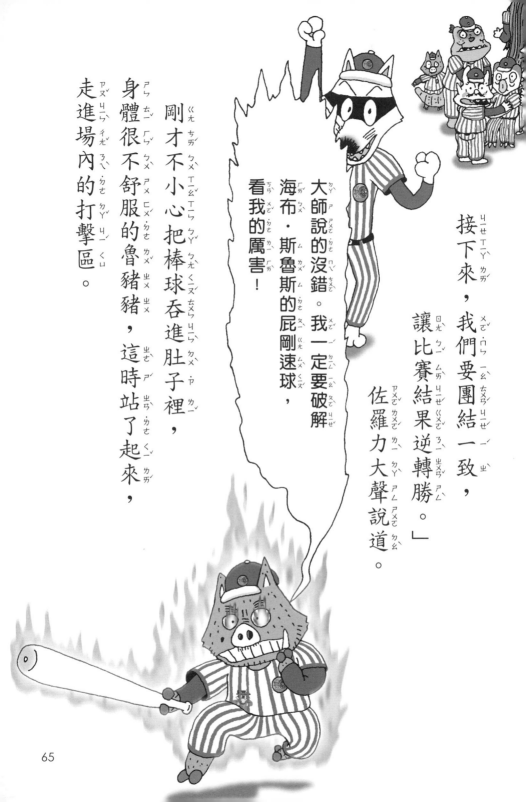

首先，他發揮了自己最拿手的屁功，對著海布．斯魯斯的屁剛速球放了一個屁，大大的減弱了球的威力，

然後一轉身，用力揮棒把球打出去。

魯豬豬在屁功這件事上絕對不願意認輸，所以想到了這個祕技。

這是重建隊打出的第一支安打。魯豬豬上了一壘，這個安打大大激發了重建隊的士氣。

一郎也表達了決心，「好，那我也要展現一下出色的打擊。」

當海布·斯魯斯投來屁剛速球時，一郎對著球，吹了一口冷氣，把球急速冷凍起來。

凍結的球在半空中停頓了剎那，一郎看準了這個時機，用力揮棒。

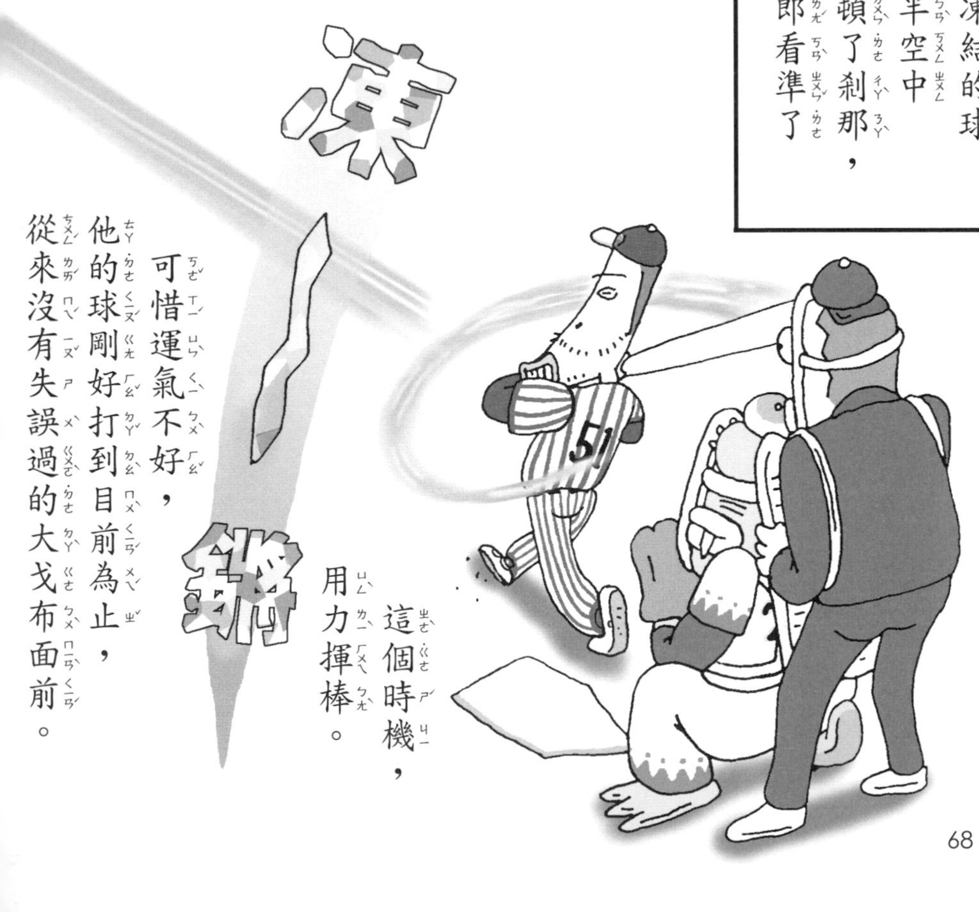

可惜運氣不好，他的球剛好打到目前為止，從來沒有失誤過的大戈布面前。

大戈布順利接到了球，
然而因為球結冰了，
握在手中一滑，
掉到了地上。

因為大戈布的漏接，
比賽戰況目前是一壘、二壘都有人，
沒有人出局。

「現在輪到我上場了！」
王章魚脫下外套，丟在地上，
走向打擊區。

王章魚站在打擊區時，就像之前在對付食人草的時候一樣，全身只用兩隻腳站著，六隻腳同時拿了六根球棒在手上。

讓你們見識一下什麼是六隻腳打法!!
嘎鏘！

即使海布・斯魯斯投出了很難對付的變化球，但是六支球棒中，總有一支會打中。

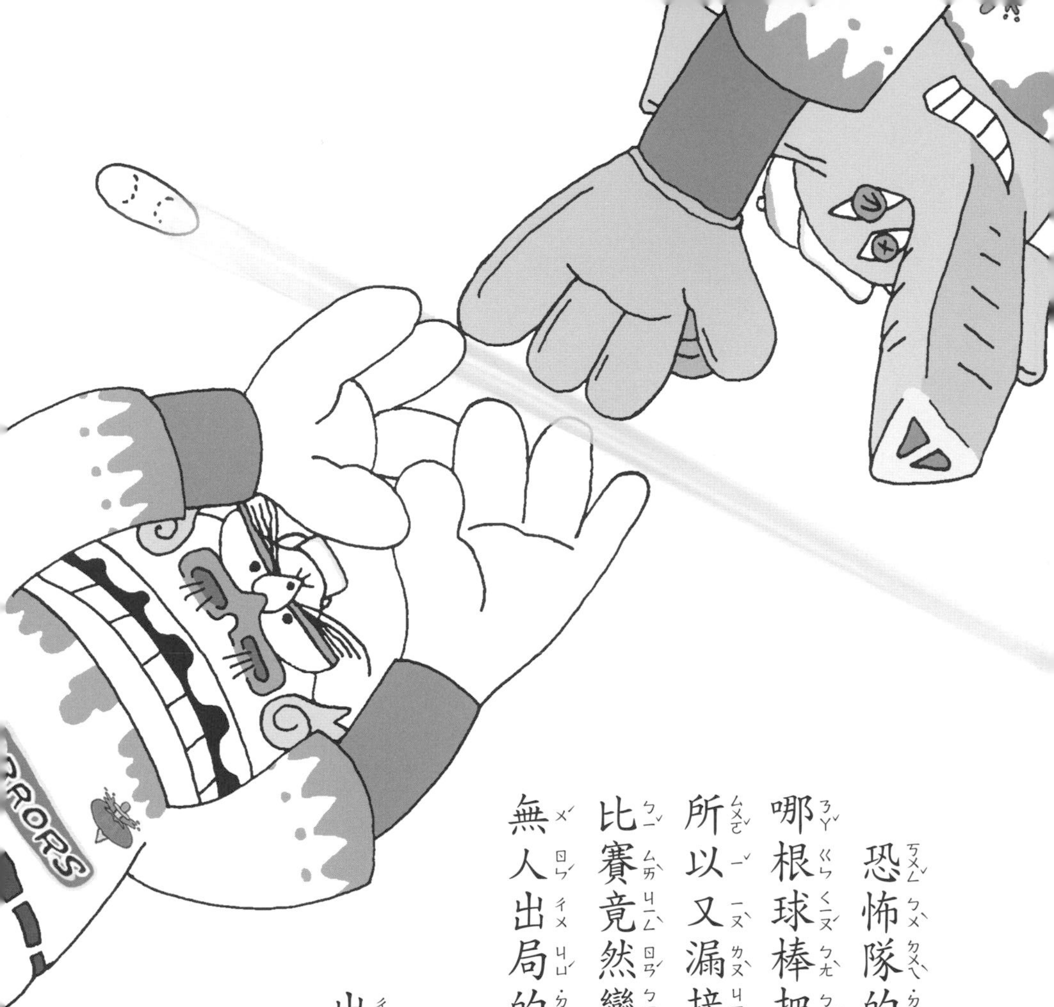

恐怖隊的球員根本不知道
哪根球棒把球打去了哪裡，
所以又漏接了球，
比賽竟然變成重建隊滿壘，
無人出局的局面。
觀眾看到比賽出現了
出乎意料的發展，
都激動不已。
但是……

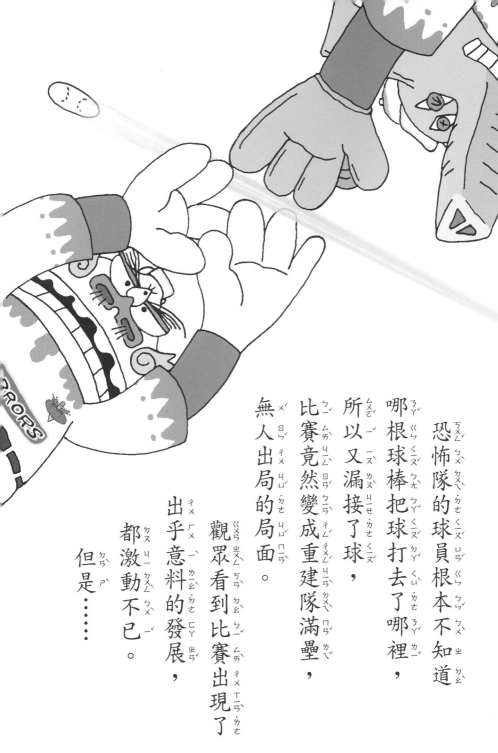

好運總是來得急去得快，
終究無法一帆風順。

下一個上場的伊豬豬
被接殺出局了。
接著，妖怪學校老師
也才剛上場，
就被三振
出局。

目前仍是滿壘，兩人出局。

「如果現在可以擊出全壘打就太帥了，可惜還沒有輪到我，恐怕，還沒輪到我上場，這場比賽就結束了。」酷斯松小聲嘀咕道。

我不是說過，不到最後一刻，不能輕言放棄嗎？

佐羅力甩著塗成黃色的球棒，站在他的面前。

「交給本大爺吧。大家都努力的上了壘，我當然不能讓大家的辛苦白費。酷斯松，我一定會讓你有機會上場打擊的，看我的。」

佐羅力說完，
立刻跑向打擊區。
令人料想不到的……

海布・斯魯斯投出的第一個球，就被佐羅力擊中了。

啪鏘！

球飛得很高很高，隨著球飄遠的聲音，球飛往了觀眾席的方向。

哇 哇 哇 哇 哇 哇 哇 哇
新作推出
廣受好評
Poplar社
舒適好穿
舒服爽快的
球鞋
HEIKI
田中會長
這個球飛得真遠。全壘打？是全壘打嗎？
哼，竟然打得這麼出色。看來根本不需要我上場打擊，重建隊就可以贏得這場比賽了。
酷斯松很不高興的踢著垃圾桶……

觀眾席上響起一陣驚叫。丹帝‧強生竟然飛撲到靠近觀眾席的位置，成功防守，接到了那個球。

酷斯松垂頭喪氣，就在這時，
他聽到了裁判的聲音。

站在打擊區的佐羅力，
尾巴腫了起來，
整個人倒在地上。
因為他的球棒和尾巴
都是相同的黃色，
所以別人都沒有察覺，

剛才聽到的沉悶聲音，
其實是球打到他尾巴發出的聲音。
「好痛痛痛痛。看吧，本大爺向來都遵守約定。

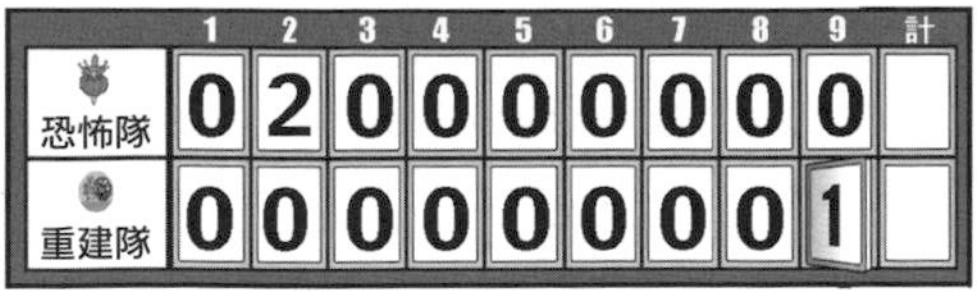
1 2 3 4 5 6 7 8 9 計
恐怖隊 0 2 0 0 0 0 0 0 0
重建隊 0 0 0 0 0 0 0 0 1

酷斯松，接下來就交給你了。」
佐羅力走上一壘，
魯豬豬跑回了本壘，
重建隊也因此得到了一分。

「佐羅力大師，
我剛才懷疑你說的話，對不起。」

酷斯松發自內心的道歉後，
握緊了原本已經準備
收起來的球棒……

站上了打擊區。

只要重建隊再得一分，兩隊的分數相同，

就可以繼續打延長賽。

但是，酷斯松的目標

只有一個，那就是滿壘逆轉全壘打。

這時，他腦海中浮現的是……

明天自己帥氣的
出現在報紙頭版
頭條新聞中……

在比賽結束後，
自己被媒體包圍，
接受英雄採訪……

酷斯松還在做夢時，

轉眼之間，
就已經面臨了兩好球、三壞球的局面，
這下子沒有退路了。
酷斯松終於回過神，巡視了球場，
發現佐羅力大師不惜身體受傷，
也要為自己創造上場打擊的機會；
站在二壘的是對酷斯松
充滿信任，

隨時準備盜壘的王章魚；
三壘上的一郎
露出充滿鬥志的眼神，
信心堅定，
一定要衝回本壘。

這時，酷斯松的
腦海中響起一個聲音。

如果這場比賽再輸掉，
重建隊就要
面臨解散的命運，
各位要有心理準備。
球隊老闆
的聲音。

「我才不要呢。我還想和這個球隊的球員們一起繼續打棒球。好，那就先得一分，等進入延長賽之後，

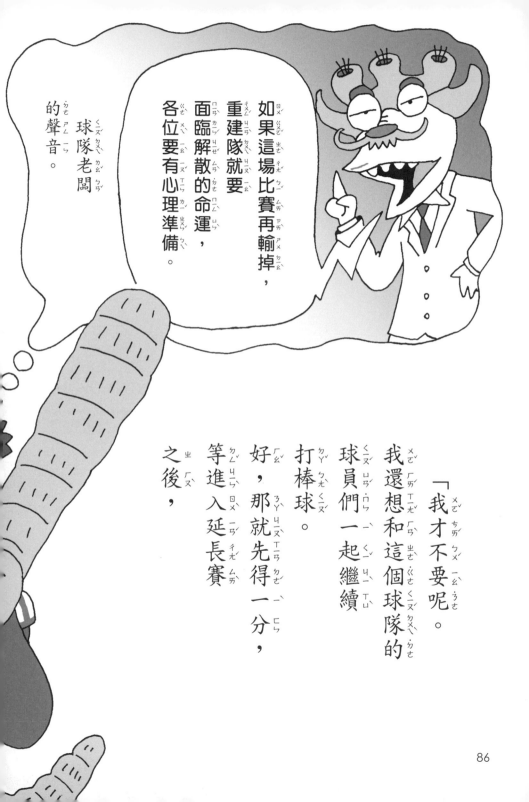

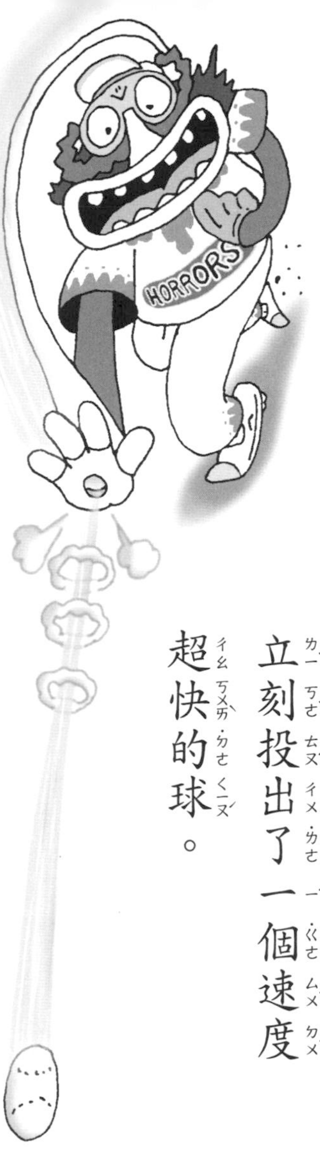

再來狠狠的打出一個全壘打。好，來吧！」

酷斯松露出銳利的眼神，舉起了球棒，海布・斯魯斯當然也輸人不輸陣，立刻投出了一個速度超快的球。

喂！喂！這本書的頁數都快不夠了，還打什麼延長賽啊，你們真是玩笑開大了。
原裕

只聽到一聲清脆的聲音。
那個球貼近地面，
朝向內野飛去，

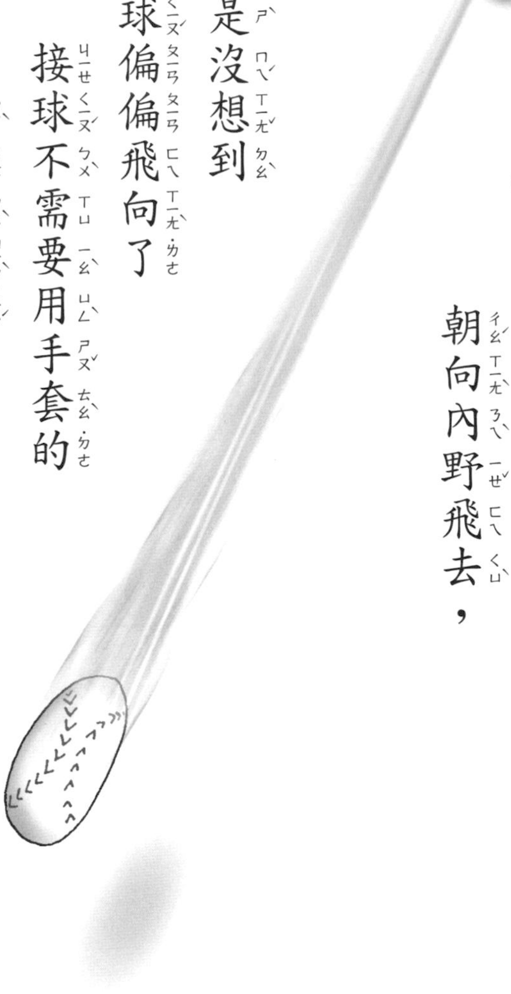

但是沒想到
球偏偏飛向了
接球不需要用手套的
大戈布面前。
站在他身後的，

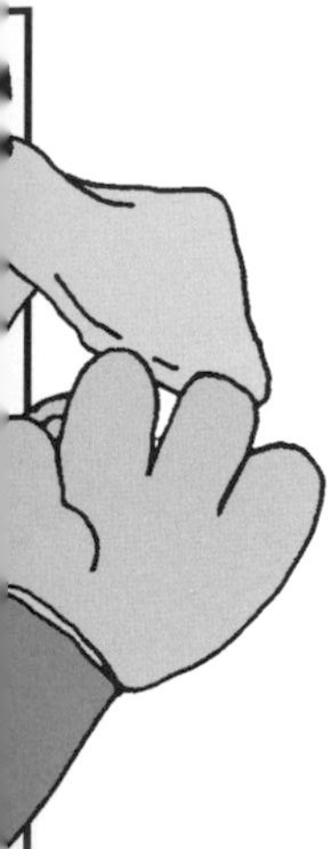

啊，完了。
再怎麼樣，恐怖隊也不可能接不到這個球。
是有著一雙大手的薩米・象薩和布・蓋力克。
他們的層層防守無懈可擊，滴水不漏。

但是，
球速超快的球
並沒有飛進
大戈布的手中，
而是鑽進了
他前面的
泥土中。

①大戈布慌忙把手伸進泥土，
想要把球挖出來，

②但是，他的手指太粗了，
小小的棒球在泥土裡愈鑽愈深，

啊！
就在這時，
一郎和王章魚都跑回本壘，
踩到了本壘板。
逆轉了，逆轉了，
逆轉勝了。
重建隊終於
奇蹟復活了。
③怎麼樣也挖不出來。
嗚～
挖呀
挖呀

「太好了。」

「這場比賽太出色了，終於讓我們重新體會到棒球的樂趣。」

就連恐怖隊的啦啦隊員也大方的為重建隊鼓掌。

重建隊的球員也相互擁抱，感受著明年還可以繼續打棒球的這分幸福。

當眾人還在歡呼時，已經完成使命的佐羅力帶著伊豬豬和魯豬豬，悄悄的溜出了球場。

他們已經知道自己該怎麼打棒球了，這個球隊不會再有問題了。酷斯松也稍微了解到團隊合作的重要性了。
即使我們偷偷溜走，也沒問題吧。
我們也要好好培養團隊精神，佐羅力大師。

佐羅力他們三人立刻一起從妖怪的世界裡逃了出來。
重建隊根本就是佐羅力大師一手培養起來的，其實大師你也可以當這些有實力選手的經紀人，從他們的簽約金中大賺一筆。
不行，不行，本大爺可沒工夫一直照顧這些妖怪。別忘了本大爺還有很多崇高的目標沒有完成。
我靠我的屁贏了海布・斯魯斯，我已經心滿意足了。

媽媽，對不起，我又去亂晃了。我會馬上繼續旅行，一定會很快娶到一位漂亮的新娘，建造出色的佐羅力城。
佐羅力大師，那個觸身球，你是不是故意讓尾巴被打到啊？
哼，這個嘛，誰知道呢。
幸虧故事順利的在頁數之內結束了，總算鬆了一口氣。
哼，這次的佐羅力也未免太帥了。下次一定要讓他耍笨出糗。

●作者簡介

原裕 Yutaka Hara

一九五三年出生於日本熊本縣，一九七四年獲得ＫＦＳ創作比賽「講談社兒童圖書獎」，主要作品有《小小的森林》、《手套火箭的宇宙探險》、《寶貝木屐》、《小噗出門買東西》、《我也能變得和爸爸一樣嗎？》、【輕飄飄的巧克力島】系列、【膽小的鬼怪】系列、【菠菜人】系列、【怪傑佐羅力】系列、【鬼怪尤太】系列、【魔法的禮物】系列等。

●譯者簡介

王蘊潔

專職日文譯者，旅日求學期間曾經寄宿日本家庭，深入體會日本文化內涵，從事翻譯工作至今二十餘年。熱愛閱讀，熱愛故事，除了或嚴肅或浪漫、或驚悚或溫馨的小說翻譯，也從翻譯童書的過程中，充分體會童心與幽默樂趣。曾經譯有《白色巨塔》、《博士熱愛的算式》、《哪啊哪啊神去村》等暢銷小說，也譯有【魔女宅急便】系列、【小小火車向前跑】系列、《大家一起來畫畫》、《大家一起做料理》【大家一起玩】系列等童書譯作。

臉書交流專頁：綿羊的譯心譯意。

國家圖書館出版品預行編目資料

怪傑佐羅力之妖怪大聯盟
原裕 文、圖；王蘊潔 譯 --
第一版. -- 台北市：天下雜誌, 2014.08
98 面 ;14.9x21公分. --（怪傑佐羅力系列；30）
譯自：かいけつゾロリのようかい大リーグ
ISBN 978-986-241-906-9（精裝）
861.59 103011215

かいけつゾロリのようかい大リーグ
Kaiketsu ZORORI series vol.33
Kaiketsu ZORORI no Youkai Dai League

First published in Japan in 2003 by POPLAR Publishing Co., Ltd.
Traditional Chinese translation rights arranged with POPLAR Publishing Co., Ltd.
through Future View Technology Ltd., Taiwan

怪傑佐羅力系列 30

怪傑佐羅力之妖怪大聯盟

作者｜原裕（Yutaka Hara）
譯者｜王蘊潔
責任編輯｜黃雅妮
特約編輯｜游嘉惠
美術設計｜蕭雅慧

發行人｜殷允芃
創辦人兼執行長｜何琦瑜
總經理｜林彥傑
總監｜黃雅妮
版權專員｜何晨瑋、黃微真

出版者｜親子天下股份有限公司
地址｜台北市 104 建國北路一段 96 號 4 樓
電話｜（02）2509-2800
傳真｜（02）2509-2462
網址｜www.parenting.com.tw
讀者服務專線｜（02）2662-0332
週一～週五：09:00~17:30
讀者服務傳真｜（02）2662-6048
客服信箱｜bill@cw.com.tw

法律顧問｜台英國際商務法律事務所・羅明通律師
製版印刷｜中原造像股份有限公司
總經銷｜大和圖書有限公司
電話｜（02）8990-2588

出版日期｜2014 年 8 月第一版第一次印行
2021 年 7 月第一版第十四次印行
定價｜280 元
書號｜BCKCH067P
ISBN｜978-986-241-906-9（精裝）

訂購服務
親子天下 Shopping｜shopping.parenting.com.tw
海外・大量訂購｜parenting@cw.com.tw
書香花園｜台北市建國北路二段 6 巷 11 號
電話｜（02）2506-1635
劃撥帳號｜50331356 親子天下股份有限公司

重建隊甦醒了！

酷斯松

打進球場泥土的猛烈安打！

排名最後的球隊・最後的奮力一搏

在昨天這場精采的比賽中，原本誰都認為恐怖隊可以輕易奪下冠軍寶座，沒想到結局出現了驚人的變化。

用力揮棒擊出安打的酷斯松選手

大聯盟中排名最後的重建隊，在第九局下半，酷斯松轟出安打，成功逆轉，贏得了這場比賽。

重建隊隊裡有多位上了年紀的球員，更接二連三的出現傷兵。這個狀況導致最近該球隊的士氣低迷，連戰連輸，就連球隊老闆也大失所望，決定一旦這場比賽也輸了的話，就要解散重建隊。

但是，昨天的重建隊簡直就像獲得了重生，每個妖怪都充分發揮各自的專長，所有球員團結一致，終於贏得了這場比賽。

這支向來被認為勝利無望的球隊，在昨天的比賽中大顯身手，這場比賽為眾多妖怪帶來了一線光明，為那些覺得已經無法再嚇人，想要放棄當妖怪的妖怪帶來了活力和勇氣，讓他們想要再繼續努力當妖怪。